Ferdinand Lassalle

Der Prozess wider Ferdinand Lassalle vor der korrektionellen Appelkammer zu Düsseldorf am 27. Juni 1864

Antigonos

Ferdinand Lassalle

Der Prozess wider Ferdinand Lassalle vor der korrektionellen Appelkammer zu Düsseldorf am 27. Juni 1864

Unveränderter Nachdruck der Originalausgabe von 1877.

1. Auflage 2024 | ISBN: 978-3-38643-308-2

Antigonos Verlag ist ein Imprint der Outlook Verlagsgesellschaft mbH.

Verlag: Outlook Verlag GmbH, Zeilweg 44, 60439 Frankfurt, Deutschland
Vertretungsberechtigt: E. Roepke, Zeilweg 44, 60439 Frankfurt, Deutschland
Druck: Libri Plureos GmbH, Friedensallee 273, 22763 Hamburg, Deutschland

Der Prozeß

wider

Ferdinand Lassalle

vor der

korrektionellen Appellkammer zu Düsseldorf

am

27. Juni 1864.

(Separat=Abdruck aus der Düsseldorfer Zeitung Nr. 176, 177 u. 178.)

Berlin.

Druck und Verlag der Allgem. deutschen Associationsbuchdruckerei (E. G.).

1877.

Im Monat September 1863 hatte der Schriftsteller Herr Ferdi=
nand Lassalle in verschiedenen Versammlungen des „Allgemeinen
deutschen Arbeiter = Vereins" zu Barmen, Solingen und Düsseldorf
eine vielbesprochene, im Wesentlichen politische Rede gehalten, die
bald darauf als Broschüre im Verlage der Schaub'schen Buchhand=
lung (W. Nädelen) in Düsseldorf unter dem Titel: „Die Feste, die
Presse und der Frankfurter Abgeordnetentag, drei Symptome des
öffentlichen Geistes" erschien und am 21. Oktober polizeilich mit Be=
schlag belegt wurde. Die Flugschrift war in einer Auflage von 10,000
Exemplaren gedruckt worden; bei Beschlagnahme fand man noch in
der Verlagshandlung 1034 Exemplare und bei den sonstigen Sorti=
mentshändlern in Düsseldorf und Berlin, wo die Beschlagnahme am
22. Oktober erfolgte, zusammen einige 20 Exemplare.

Die Staatsanwaltschaft hatte gegen diese Broschüre Anklage er=
hoben, deren Gesammtinhalt gegen die §§ 100 und 101 des Straf=
gesetzbuches verstoßen sollte; speziell waren noch einige bestimmte
Stellen in der Lassalle'schen Flugschrift als straffällig in diesem Sinne
hervorgehoben: so z. B. ein Passus, in welchem Herr Ferdinand
Lassalle behauptet hatte, „daß die Regierung immer mit demselben
ruhigen Lächeln thatsächlicher Verachtung über die Beschlüsse der
Kammer dahinginge", ein anderer, wo er die Verwarnungsordonnanz
eine „Gewaltmaßregel der Regierung" genannt, von der Knebelung
der Presse, von „den laut schallenden Schlägen, mit welchen die Re=
gierung ihren Rücken bedeckt", gesprochen und ferner die Deduction,
„daß die preußische Verfassung keine zu Recht bestehende Verfassung
sei und auch nie auch nur einen Tag lang eine zu Recht bestehende
Verfassung gewesen sei" und endlich die Bezeichnung der Abgeordneten
als „illegale Usurpatorenhaufen" — alle diese angeführten Stellen
sollten im Sinne der Staatsanwaltschaft nach § 101 des Strafgesetz=
buches verstoßen. Als dem § 100 zuwiderhandelnd*) waren die

---

*) § 100: Wer den öffentlichen Frieden dadurch gefährdet, daß er die Ange=
hörigen des Staates zum Hasse oder zur Verachtung gegen einander öffentlich an=
reizt, wird mit Geldbuße von zwanzig bis zu zweihundert Thalern oder mit Ge=
fängniß von Einem Monat bis zu zwei Jahren bestraft. § 101: Wer durch öffent=
liche Behauptung oder durch Verbreitung erdichteter oder entstellter Thatsachen
oder durch öffentliche Schmähungen oder Verhöhnungen die Einrichtungen des
Staates oder die Anordnungen der Obrigkeit dem Hasse oder der Verachtung aus=
setzt, wird mit Geldbuße bis zu zweihundert Thalern oder mit Gefängniß bis zu
zwei Jahren bestraft.

Stellen bezeichnet worden, in welchen Herr Lassalle von den Abgeordnetenfesten als von „Saturnalien der deutschen Bourgeoisie", von den „Vorurtheilen der besitzenden Klassen" gesprochen hatte, ebenso der Ruf an die Arbeiter: „Erheben wir unsere Arme und verpflichten wir uns, wenn jemals dieser Umschwung, sei es auf diesem, sei es auf jenem Wege, komme, es den Fortschrittlern und Nationalvereinlern gedenken zu wollen, daß sie bis zum letzten Augenblick erklärt haben, sie wollen keine Revolution."

Herr Lassalle wurde in Folge der gegen ihn erhobenen Anklage auf Grund der §§ 100 und 101 von dem Düsseldorfer Landgerichte erster Instanz in contumaciam zu einem Jahre Gefängniß verurtheilt; die Staatsanwaltschaft hatte das Maximum des Strafmaßes, zwei Jahre Gefängniß, beantragt. Herr Lassalle sowohl wie auch die Staatsanwaltschaft hatten gegen dies Erkenntniß erster Instanz apellirt, und gestern kam die Sache vor der Düsseldorfer korrektionellen Appellkammer abermals· zur Verhandlung. Um 9 Uhr Morgens wurde die Sitzung durch den Landgerichtspräsidenten Herrn Hellweg eröffnet, es hatte sich eine so bedeutende Anzahl von Zuhörern, die zum großen Theil dem Arbeiterstande angehörten, eingefunden, daß kurz nach 9 Uhr die Thüren des überfüllten Saales geschlossen werden mußten. Nach den gewöhnlichen Befragungen über die Persönlichkeit 2c. des Angeklagten, wurde von dem Herrn Berichterstatter das Referat über den bisherigen Verlauf des Prozesses mitgetheilt, und, da die Broschüre „die Feste, die Presse 2c." außer in den oben angeführten Stellen auch ihrem ganzen Inhalte nach als straffällig befunden war, die 38 enggedruckten Seiten lange Flugschrift in extenso vorgelesen. Diese Lektüre begann 9 Uhr 30 Minuten und dauerte ohne Unterbrechung bis 10 Uhr 50 Minuten. Nachdem auf Antrag des öffentlichen Ministeriums die Einreden der Inkompetenz und der Nichtigkeit der Ladung, die der Angeklagte erhoben hatte, als nichtig verworfen waren, ergriff der Herr Staatsprokurator das Wort: Die in erster Instanz verurtheilte Broschüre enthalte unzweifelhaft Verstöße gegen die §§ 100 und 101 des Strafgesetzbuches, Schmähungen der Obrigkeit und Aufreizung der besitzlosen gegen die besitzende Klasse. Der Autor der Flugschrift, der dieselbe angeblich gegen die Fortschrittspartei, gegen die liberale Fraktion des Abgeordnetenhauses gerichtet habe, bediene sich ohne Unterschied der Bezeichnungen „Fortschrittler," „Bourgeoisie" und „besitzende Klasse" als synonymer Begriffe. Er speculire auf die Leidenschaftlichkeit und Schwäche seiner Zuhörer: seine Agitationsreisen hätten keinen andern Zweck, als die Arbeiter gegen die besitzende Klasse aufzureizen, und eine erste Wirkung dieses strafbaren Verfahrens sei auch bereits eingetreten. Der Herr Staatsprokurator erinnerte an den bekannten Vorfall in der Barmer Versammlung, wo mehrere Anwesende, die nicht zum Allgemeinen deutschen Arbeiterverein gehörten und auf Schulze=Delitzsch ein Hoch ausbrachten, aus dem Saale entfernt wurden. „Es ist richtig," sagt

Herr Lassalle in seiner Schilderung, „daß mehrere geschwungene Stühle und geschleuderte Bierseidel diesen Rückzug beschleunigten. Der Herr Staatsprokurator wies ferner auf die Antecedentien des Angeklagten hin; erinnerte daran, daß der Angeklagte im November 1848 wegen „Aufreizung zum gewaltsamen Widerstande gegen die Regierung bis zum Blutvergießen" und wegen Beleidigung des Staatsprokurators von Ammon I. zu 6 Monaten Gefängniß bereits verurtheilt sei, und beantragte schließlich das höchste Strafmaß: zwei Jahre Gefängniß.

Um halb 12 Uhr begann das Plaidoyer des Herrn Lassalle. Der Angeklagte sprach bis 1 Uhr, wo die Sitzung auf drei Stunden suspendirt wurde und von 4 bis halb 7 Uhr, also vier volle Stunden, ohne auch nur ein einziges Mal unterbrochen zu werden. Am Nach= mittage war der Andrang noch stärker als am Vormittage, so zwar, daß selbst der bescheidenste Stehplatz in einem Winkel des Saales nur mit wahrhaften Gefahren erkämpft werden konnte. Die Thüren waren förmlich belagert, die Korridore mit Neugierigen und Lassalle's Anhängern gefüllt. Als Lassalle das Justizgebäude verließ, wurde er unter einem dreimaligen Hoch von seinen Freunden bis zum Wagen geleitet.

Plaidoyer des Herrn Ferdinand Lassalle:

„Meine Herren Präsident und Räthe! In den fast zahllosen Prozessen, deren Gegenstand ich war und die fast stets mit meiner Freisprechung endeten, habe ich fast niemals über das Strafmaß gesprochen. Ich habe mich immer nur in quali vertheidigt und hielt es gleichsam unter meiner Würde, mich auf die quantitative Frage einzulassen. Diesmal muß ich umgekehrt mit der Betrachtung des Strafmaßes sogar beginnen. Der Grund ist einfach. Die politische Leidenschaft soll diesen Räumen nicht nahen, der Richter soll — diese Forderung stellt das Gesetz an Ihr Amt, an Sie — keinen Raum geben in seiner Brust der politischen Leidenschaft, der politischen Stimmung. Es ist dies schwer in einer politisch angeregten Zeit, denn der Richter bleibt immer ein Mensch. Wenn ich also auch milde und menschlich genug bin, um es wenigstens entschuldbar zu finden, wenn der Richter der politischen Stimmung und Leidenschaft in seiner Brust einen gewissen Raum nicht entziehen kann, so giebt es doch hierfür Grenzen. Dieses Urtheil aber, über daß ich mich bei Ihnen beschwere und bitter beschwere, überschreitet alle solche Grenzen, so weit man sie auch ziehen mag, durchaus und bis ins Unzulässigste. Dieses Urtheil ist, es thut mir leid dieses sagen zu müssen, aber ich erkläre es Ihnen, Gerechtigkeit heischend, mit höchster Ruhe als meine unumstößliche sittliche Ueberzeugung, und ich werde Ihnen Punkt für Punkt den unwiderleglichsten Beweis dafür vor=

bringen — dieses Urtheil ist durch und durch dem Quell politischer Leidenschaft entflossen. Und dies beweist zunächst am deutlichsten das Strafmaß. In jeder andern Hinsicht konnte das Urtheil ein maljugé sein, wie es deren ja so viele giebt, aber das Strafmaß, zu dem man gegriffen, zeigt unwidersprechlich die Leidenschaft, deren Produkt dieses Urtheil ist." Der Redner weist nun durch eine Reihe von Fällen nach, daß in Berlin und in ganz Preußen, wegen Vergehen gegen die §§ 100 und 101, deren er angeklagt ist, fast nie mehr als eine Geldstrafe von 25, 50, höchstens 100 Thalern und nur in den allerseltensten Fällen eine Gefängnißstrafe von 14 Tagen bis 4 Wochen erkannt, ja nur beantragt, gegen ihn dagegen das Maximum der gesetzlichen Strafe beantragt und annähernd erkannt worden sei. (Gefängniß von einem Jahr.) Das Gericht habe selbst die Nothwendigkeit gefühlt, dies exorbitante Strafmaß noch besonders zu begründen, aber wie sei ihm diese Begründung gelungen? Das Urtheil sage hierüber zuerst: „In Erwägung, was das Strafmaß betrifft, daß dem Angeschuldigten das Strafbare seiner Handlungsweise bekannt sein mußte." Dies aber sei ein ganz allgemeines Requisit jeder Strafbarkeit überhaupt. Ohne das Bewußtsein einer Widerrechtlichkeit gebe es bei allen nicht kulposen Vergehen, nach dem Zeugniß aller Kriminalrechtslehrer gar keine Strafbarkeit, und dieses Motiv habe daher mit dem Strafmaß gar nichts zu thun.

Das zweite Motiv hierüber laute: „daß er durch seine Rede in den Arbeiterversammlungen gefährlich agitirt hat, wovon die Herausgabe der Broschüre nur eine Fortsetzung ist." „Niemals, meine Herren, fährt der Angeklagte fort, „hat man unvorsichtiger das Geheimniß einer Verurtheilung enthüllt. Der Richter gesteht hier mit einer unglaublichen Aufrichtigkeit, daß er gar nicht eigentlich das angeklagte Vergehen bestraft, die Herausgabe der Broschüre, welche er mit einem „nur" bezeichnet, sondern das, was nicht angeklagt ist und nicht angeklagt werden kann. Meine ganze gesetzliche, auf dem Boden des Vereinsgesetzes stehende Agitation, die niemals von den Behörden verhindert oder angegriffen ist, weil sie dies nicht werden konnte — dies erklärt hier der Richter, weil sie ihm nicht gefällt, ihm gefährlich scheint, eigentlich verurtheilen zu wollen, nicht das angeklagte Vergehen, das er als ein „nur" hinstellt.

„Das dritte Motiv, durch welches das Urtheil das exorbitante Strafmaß rechtfertigt, lautet: — „und daß er wegen ähnlichen Vergehens schon bestraft worden." Dieses Motiv bezieht sich auf eine Verurtheilung, die wegen Aufforderung der Bürgerwehr zum Widerstande beim November=Conflict vom Jahre 1848 gegen mich ergangen ist. Ich habe in dieser Hinsicht zwei Bemerkungen zu machen: die erste würde ich vielleicht zu stolz sein geltend zu machen, wenn ich derselben persönlich bedürfte und wenn sie nicht vielmehr von mir blos deshalb gemacht würde, um einem großen allgemeinen Mißbrauch der hier wie überall von der Staatsanwaltschaft in den politischen

Processen getrieben wird, entgegenzutreten. Ueberall kommt die Staatsanwaltschaft bei politischen Processen auf Bestrafungen aus den Jahren 1848 und 1849 zu sprechen. „Aber bei dem Thronwechsel haben wir eine Amnestie aller politischen Verurtheilungen erlebt. Die Amnestie beseitigt alle noch nicht eingetretenen Folgen eines Strafurtheils, somit auch die Strafverschärfung, die im Fall der Recidive aus einem solchen Strafurtheil sich ergeben kann. Und gleichwohl stolpern hier wie anderwärts die Staatsanwälte über diese königliche Amnestie hin, als ob sie gar nicht existirte! Ich selbst bin der Bezugnahme auf diese Amnestie keineswegs benöthigt, denn in meinem Falle wird es unmöglich sein, von einer Recidive oder von einer Aehnlichkeit des Vergehens zu sprechen."

Der Redner führt nun an, wie bei dem November=Conflicte von 1848 ganz besondere, ausnahmsweise Umstände vorgelegen hätten, die überhaupt kein Präjudiz begründen könnten, und wie endlich der Artikel 209 des code pénal, auf den er damals angeklagt gewesen sei (Widerstand gegen die Regierungsgewalt), nicht das Geringste zu thun habe mit § 100 unseres Strafgesetzes. „So lösen sich — fährt der Redner fort — alle Gründe, durch welche der Richter versucht hat, dies exorbitante Strafmaß zu rechtfertigen, in ein vollständiges Nichts auf. Vom Strafmaß zur Strafbarkeit; und nach dem, was ich Ihnen vom Strafmaß gesagt habe, wird es Ihnen nicht mehr verwunderlich sein, zu hören, daß auch von einer Strafbarkeit überhaupt nicht im Geringsten hier die Rede sein kann. Wegen zweier Vergehen bin ich verurtheilt, Vergehen gegen § 100 und § 101; ich wende mich zuerst zu letzterem. Das Vergehen gegen § 101 solle nach dem Urtheil darin vorliegen, daß Angeklagter in seiner rheinischen Rede gesagt und in einer längeren juristischen Deduktion ausgeführt habe, „die Verfassung habe auch nicht einen Tag zu Recht bestanden," wodurch er, nach dem Urtheil, „die Einrichtungen des Staats dem Hasse und der Verachtung ausgesetzt habe." Aber nach § 101 sei nur strafbar, wer durch Behauptung oder Verbreitung erdichteter oder entstellter Thatsachen, oder aber durch Schmähungen oder Verhöhnungen die Einrichtungen des Staates dem Haß oder der Verachtung aussetze. Welche dieser Handlungen soll hier vorliegen? Verhöhnung oder Schmähung? Wo sei das beleidigende Wort? Der zweite Richter werde ihm das so wenig nachweisen können, als es das erste Urtheil vermocht hätte. Es sei eine streng legale, durchaus objectiv gehaltene Rechtsdeduction, die er geliefert habe. Oder solle Entstellung oder Erdichtung hier vorliegen? Aber dann hätte das Urtheil doch wenigstens eine Widerlegung dieser seiner strengjuristischen Ausführung, „daß die preußische Verfassung auch noch nicht einen Tag lang zu Recht bestanden habe", versuchen müssen. Dies habe das Urtheil weislich unterlassen. „Ist", ruft der Angeklagte aus, „eine streng juristische Kritik verboten? Wohin ist es gekommen vor den rheinischen Tribunalen? Wie? Mit noch größerem Nachdruck und noch größerer Schärfe habe ich vor dem Berliner Staatsgerichtshofe dieselbe Behauptung plaidirt, daß die preußische Verfassung noch niemals einen Tag lang zu Recht bestand. Ich muß Ihnen dies Plaidoyer aus dem gedruckten stenographischen Berichte meines Hochverrathsprocesses hier vorlesen. (Der Redner thut dies.) Der Präsident des Staatsgerichtshofes, er, der mich jeden Augenblick unterbrach, wenn er in meinen Worten eine Beleidigung des Staatsanwalts zu erkennen glaubte, hat mich in dieser Deduktion nicht einmal unterbrochen. Würde er dies gethan haben, wenn diese Deduktion eine Schmähung oder Verhöhnung des Staatsgrundgesetzes darstellte? Andererseits ist der Oberstaatsanwalt, der damals in Person gegen mich plaidirte, nicht mit einem Worte meiner Ausführung von der legalen Ungültigkeit der Verfassung entgegengetreten.

„Wäre es nicht eine Ehrenpflicht für ihn gewesen, dem Staatsgrundgesetze zu Hülfe zu kommen und die Entstellung oder Erdichtung oder mindestens das Irrige meiner Rechtsdeduktion nachzuweisen, wenn dies eben möglich gewesen wäre? Ich provozire hiermit den Staatsanwalt ausdrücklich, mir in seiner Replik zu zeigen, worin und warum meine Deduktion, daß die preußische Verfassung noch nie, auch nur einen Augenblick lang zu Recht bestanden hat, erdichtet, entstellt oder auch nur irrig sei. Der Staatsanwalt von heute wird dies ebenso wenig können, wie der Oberstaatsanwalt von damals. Wie? wäre es dahin gekommen, daß die Freiheit der juristischen Kritik, das unantastbare Recht streng legaler Deduktion von den rheinischen Tribunalen weniger geachtet würde, als von einem Berliner Ausnahmegerichtshofe? Der andere Verstoß gegen § 101 solle darin bestehen, daß Lassalle die Kammermitglieder einen „illegalen Usurpatorenhaufen" genannt habe. Dies könne nur als eine Beleidigung der Kammer und Kammermitglieder erscheinen, aber darüber habe er sich heute nicht zu vertheidigen, denn dies sei ein Vergehen gegen § 102, dessen er heute nicht angeklagt sei, dessen er auch nach § 103 gar nicht angeklagt werden könne, so lange nicht eine Ermächtigung der Kammer, ihn wegen Beleidigung derselben zu verfolgen, eingeholt worden sei. Es habe ihn sehr verwundert, zu hören, wie heute der Staatsanwalt gerade auf diese angebliche Beleidigung der Kammer, auf diese Bezeichnung ihrer Mitglieder als „eines Usurpatorenhaufens" einen besonderen Nachdruck gelegt habe, da er, wie gezeigt, auf Grund des § 102 nicht verfolgt sei, noch verfolgt werden könne: „Die Staatsanwaltschaft will durch Kolorit ersetzen, was der Anklage an juristischem Nerv gebricht. Sie knetet aus drei Gesetzesparagraphen einen monströsen vierten zusammen, der nirgends im Gesetze existirt. Ich aber bitte mir aus, meine Herren, daß wir hier beim strengen jus bleiben."

Ein fernerer Verstoß gegen § 101 solle darin liegen, daß er nach dem Urtheil „ebenso die Anordnungen der Obrigkeit nur

Schmähungen überhäuft habe," dadurch nämlich, daß er die bekannte Verwarnungsordonnanz als eine „Vergewaltigung", „Gewaltmaßregelung", „Knebelung der liberalen Presse bezeichnet habe. „Merkwürdig", ruft der Angeklagte aus, „derselbe Richter, welcher, wie Sie später sehen werden, mich in seiner merkwürdigen Zärtlichkeit für die liberale Presse verurtheilt, weil ich diese angegriffen — hier verurtheilt er mich, weil ich der liberalen Presse zu Hülfe gekommen bin. Ich bin, wie ich Ihnen bekannt, kein Freund der liberalen Presse! aber so sehr ist Recht und Wahrheit mein Wahlspruch, daß ich auch diesen meinen bittersten Gegnern gegenüber keinen Augenblick Anstand genommen habe, ihnen Zeugniß abzulegen für die widerrechtliche Gewalt, die man gegen sie begangen hat. Diese „Vergewaltigung" ist unbestreitbar, und drei Beweise für dieselbe will ich Ihnen auflegen. Die Berliner Gerichtshöfe haben stets die liberalen Blätter freigesprochen, als sie jene Verwarnungsordonnanz in ähnlicher Weise angegriffen. Die Kammer hat es sofort nach ihrem Zusammentritt im November 1863 mit einer fast an Einstimmigkeit grenzenden Majorität entschieden, indem sie die Verwarnungsordonnanz für verfassungswidrig erklärte — und endlich das Ministerium hat es selbst eingestanden, indem es jene Ordonnanz sofort zurückzog. Was also will der Richter? Alle meine Ausdrücke sagen eben nur: „widerrechtliche Gewalt", und sind sinnliche Bilder dafür. Der Begriff der Schmähung und Verhöhnung ist durch den Begriff streng gesetzlicher Wahrheit überhaupt ausgeschlossen. Und wenn selbst hier von Schmähung und Verhöhnung die Rede sein könnte, so wäre diese doch nicht gegen die Regierung, sondern nur gegen die Presse selbst von mir gerichtet worden, weil diese jener Vergewaltigung nicht den hinreichenden Widerstand entgegensetzte."

Der Redner verliest zum Beweise die betreffenden Stellen der angeklagten Rede. Das zweite Vergehen, dessen er angeklagt, sei ein Vergehen gegen § 100. Das Urtheil beschuldige ihn, zu Haß und Verachtung gegen die besitzende Klasse aufgereizt zu haben, und gleichwohl attestire er selbst, daß er nur von der Fortschrittspartei und der liberalen Presse gesprochen. Aber, sage das Urtheil, was er gegen diese sage, sei von ihm der besitzenden Klasse „zugedacht." Diese Gesinnungsinquisition sei überhaupt unzulässig, es komme auf das an, was er gesagt habe, auf seine Verbalhandlung, nicht auf das, was er, nach dieser Gesinnungsinquisition des Richters, etwa gedacht habe. Dieses „zugedacht" beweise der Richter durch folgende Gründe: „daß dies schon aus der Stellung sich entnehmen läßt, welche der Angeschuldigte der in der letzten Zeit vielfach ventilirten Arbeiterfrage gegenüber eingenommen hat, und in welcher er in agitatorischer Weise im Lande herumgezogen ist, um das von der besitzenden Klasse und namentlich durch die liberale Presse vertretene System anzufeinden."

„Wochen, Tage und Nächte," ruft der Redner aus, „müßte ich sprechen, um alle Rechtswidrigkeiten zu entwickeln, die in diesen Motiven enthalten sind. Der Richter entnimmt also, wie er hier selbst gesteht, nicht aus der angeklagten Broschüre, sondern aus meiner Gesammtagitation, d. h. aus lauter extraprozessualischen Fakten, aus lauter Dingen, die nicht den Gegenstand des Prozesses bilden, aus Dingen, die den Richter aus Grund und Boden nichts angehen, wegen deren er nicht verurtheilen darf, wie sehr sie ihm auch mißfielen — aus diesen entnimmt er den Grund zur Verurtheilung! Ja, er entnimmt ihn aus lauter Dingen, die er nicht kennt!! Denn was weiß wohl der Richter in Wahrheit von der „Stellung", die ich zu der „vielfach ventilirten Arbeiterfrage" einnehme? Hat er wirklich — und welche — meine an siebenzig Bogen betragenden Werke, Broschüren und Reden über die sociale Frage gelesen? Oder urtheilt er nicht vielmehr rein vom Hörsagen, nach dem, was ihm seine lieben liberalen Blätter, die er so lieb gewonnen hat vom täglichen Lesen, daß er mich wegen meiner Kritik dieser Götzen verurtheilt, also nach dem, was ihm meine Feinde vorzureden für gut befunden haben? Daß man aburtheilt im gesellschaftlichen Gespräche darauf hin, was die Zeitungen sagen — ich habe mich darüber in meinem Bastiat-Schulze mit bitterer und gerechter Indignation ausgesprochen! daß man aber darauf verurtheilt an richterlicher Stelle — ich verhülle mein Haupt vor Scham bei diesem Gedanken!

„Und doch, Sie begreifen, meine Herren, wenn ich ein Kreuzverhör anstellen dürfte mit jenem Richter über den Inhalt meiner socialen Schriften, über die ökonomischen und wissenschaftlichen Beweise, die ich entwickelt, über die Gründe und Forderungen, die ich geltend gemacht habe — also über die Stellung, die ich wirklich zur Arbeiterfrage einnehme, wie würde jener Richter in diesem Verhöre wohl bestehen? Ich sei in „agitatorischer Weise im Lande herumgezogen," wirft mir der Richter vor. Es hat ihm dies sehr mißfallen, wie es scheint, und die Bitterkeit dieser Worte, die fast an Landstreicherei erinnern, das Kolorit, soll wieder den Mangel an jedem soliden Verurtheilungsgrunde ersetzen! Dieser Richter scheint nicht zu wissen, daß England seine größte Maßregel in diesem Jahrhundert, die Aufhebung der Kornzölle, dem verdankt, daß Richard Cobden einige Jahre „in agitatorischer Weise im Lande herumgezogen ist." Ich sei also, fährt der Richter fort, in agitatorischer Weise im Lande herumgezogen, „um das von der besitzenden Klasse und namentlich durch jene Fraktion — (ergo! sic! politische Fraktion, nicht gesellschaftliche Klassen), und durch die liberale Presse vertretene System anzufeinden." Sehr, sehr höchst merkwürdige Motive das? Ich kritisire die liberale Presse und die Fortschrittspartei; die Sprache bietet nun folgende Stufenleiter dar, die der Richter unvermerkt durchläuft. Kritisiren, heißt das nicht geistig angreifen? Gewiß! Geistig angreifen aber, sagt sich der Richter, heißt das nicht anfeinden? Und anfeinden ist das nicht offenbar zum Haß und zur

Verachtung anreizen? Und so wäre den glücklich jede Kritik straf=
rechtlich verboten. Aber wie wäre dann, wenn sich die Parteien
nicht geistig angreifen dürften, ein konstitutioneller Staat nur denk=
bar? Denn dieser beruht eben auf geistigem Kampfe der politischen
Parteien! Es machen daher auch alle Parteien und Blätter den
reichsten Gebrauch hiervon. Mir allein soll, so will der Düsseldorfer
Richter, dies verboten sein. Es geschieht alle Tage, sage ich, und
zwar von den konservativen und Regierungsblättern genau in der=
selben Weise wie von mir. Sie haben von mir gelernt, meine
Kritik der Fortschrittler adoptirt, sich derselben bemächtigt, so sehr,
daß bekanntlich damit die liberalen Blätter den Vorwurf begründen
(lachend), daß ich der Reaktion diene!" Der Redner verliest zum
Beweis zwei Leitartikel des ministeriellen Organs, der Norbb. Allg.
Zeitung vom 27. Februar und 29. April d. J.

„Warum verfolgt also die Staatsanwaltschaft die ministeriellen
und konservativen Blätter nicht? Warum führt sie zweierlei Maß
und Gewicht, während das Gesetz doch nur eines ist? Eine zweite
Reihe von Betrachtungen, die ich dem Urtheile entgegenstelle, ist fol=
gende: Wie soll ein Angriff gegen die Fortschrittspartei und gegen
die liberale Presse einen Angriff gegen die besitzenden Klassen dar=
stellen? Einer von den folgenden beiden Trugschlüssen muß hier den
Richter irregeführt haben: die Fortschrittspartei und die liberale Presse
vertreten den Nutzen, den Vortheil und die Herrschaft der besitzenden
Klassen — und folglich hat, wer die Fortschrittspartei und die libe=
rale Presse schmäht und anfeindet, die besitzenden Klassen selbst an=
gefeindet uud geschmäht, weil er die Vertreter ihrer politischen Herr=
schaft schmäht. Wie windschief dieses Raisonnement ist, kann Ihnen
am kürzesten folgende Betrachtung zeigen. Der § 100 unterscheidet
nicht zwischen den Klassen der Gesellschaft. Die nicht besitzenden
Klassen sind also durch ihn ebenso sehr geschützt, wie die besitzenden. Ich
vertrete nun den Nutzen, den Vortheil, die Herrschaft des Arbeiter=
standes. Wer z. B. also in einer liberalen Zeitung mich schmähte
und anfeindete, ähnlich etwa wie es jenes Urtheil und jener Staats=
anwalt gethan haben, hätte der beshalb die nicht besitzenden, arbei=
tenden Klassen geschmäht und angefeindet? Wie viel Tausende von
Prozessen hätte dann die Staatsanwaltschaft alle Wochen gegen die
liberale Presse erheben müssen? Oder aber der Trugschluß, welcher
den Richter irre geleitet hat, ist folgender: Die Inhaber von Preß=
Instituten und die Mitglieder der Fortschrittspartei gehören immer
oder in der Regel den besitzenden Klassen an und folglich hat, wer
die liberale Presse angreift, die besitzenden Klassen selbst angegriffen.

Ich habe bereits bemerkt, daß die nicht besitzenden Klassen durch
den § 100 ebenso geschützt sind, wie die besitzenden. Freudenmädchen
und Spitzbuben gehören nun immer den nicht besitzenden Klassen an,
weil, wer Besitz hat keines dieser beiden Metiers zu treiben braucht.
Andererseits gehören wieder stets die Wucherer den besitzenden Klassen

an, weil, wer nichts besitzt, auch nicht wuchern kann. Wer also sich gedrungen fühlte, ein Buch gegen die Spitzbuben, Freudenmädchen oder Wucherer zu schreiben, würde der deshalb die nicht besitzenden und resp. die besitzenden Klassen angegriffen haben, weil jene Kategorieen von Leuten denselben angehören?

Nun ja, meine Herren, ich habe die liberale Presse angegriffen, weil ich in der Tiefe meiner Seele von der glühenden Ueberzeugung durchdrungen war und bin, daß sie viel gemeinschädlicher ist, als alle jene drei soeben genannten Kategorien zusammen genommen, denn diese beschädigen doch nur Einzelne, während jene den gesammten Volksgeist in seiner Wurzel verderben. Ja, ich habe die liberale Presse angegriffen, aber wie? Habe ich wirklich geschmäht? Habe ich die Verleumdungen und persönlichen Verdächtigungen, mit denen sie mich überschüttet hat, ihren Persönlichkeiten zurückgegeben? Nichts von alle dem! Den Blick immer unverwandt auf die große geistige Culturentwickelung der Völker geheftet, sah ich, daß und warum die Presse, welche bei ihrem Entstehen der Träger der geistigen Interessen gewesen war, im Laufe der Zeiten sich selber unvermerkt in ihrem innersten Wesen verändert, und sich in den Verderber der Volksintelligenz umgewandelt und zwar nothwendig umgewandelt hatte, weil sie allmälig aus dem Beruf geistiger Vorkämpferschaft durch das Annoncengeschäft zu einer industriellen Spekulation geworden war. Ich sah diese Wunde und erkannte die Gefahr! Ich sah zugleich, daß die Macht ohnmächtig sei gegen diese Wunde, daß ihre Heilung nur aus den innersten Säften des Volksgeistes hervorgehen könne. — Da erhob ich mich zu diesem ungleichen Kampfe: Einer gegen Alle! In meinem „Julian, der Literarhistoriker" und in meiner heute angeklagten rheinischen Rede kritisirte ich die Presse in ihrer Essenz und wies nach, wie sich dieser Verderb mit Nothwendigkeit aus dem Wesen der heutigen Preßinstitution durch jenes Annoncengeschäft entwickeln mußte. Gerade diese gegen das Wesen der heutigen Preßinstitution gerichtete Kritik war es, welche den Staatsanwalt erster Instanz zu so merkwürdigen Angriffen gegen mich veranlaßte.

Meine Herren! In diesem ungleichen Kampf, geführt einerseits zwischen mir und andererseits der gesammten Presse, diesem tausendarmigen Institute, das bereits Regierungen und Könige gestürzt hat, ist es nicht nöthig, daß die Tribunale der Presse beispringen! Sie kann sich schon allein schützen! In diesem Kampfe müßte vielmehr Jeder, welcher Meinung er auch sei, immerhin mit einem gewissen Interesse für mich zuschauen. Diejenigen, die meinen Ansichten huldigen, natürlich mit der höchsten Sympathie und Spannung; diejenigen aber, die nicht meiner Ansicht sind, müßten zusehen, zunächst ohne jede Befürchtung — denn wenn es nicht Wahrheit ist, was ich lehre, was sollte ich vermögen, ich Einzelner gegen jenes, täglich mit hunderttausend Stimmen predigende Institut? Immerhin aber müßten auch selbst diese Gegner meiner Ansicht mit einer immensen Achtung für die Kühnheit und Tiefe meiner Ueberzeugung zuschauen! Es gehört kein Muth dazu, meine Herren, sich Ihrer Verurtheilung auszusetzen! Aber um bessentwillen, was man als das allgemeine Wohl erkannt hat, seine Ehre aussetzen und preisgeben den täglichen Zerreißungen und Verleumdungen von tausend Blättern, wie ich es gethan habe — dazu gehört ein Muth und eine Ueberzeugungstiefe ohne Gleichen.

Soviel um Ihnen die Neigung zu nehmen, mich zu verurtheilen. Wäre denn aber eine Verurtheilung wegen meiner Angriffe gegen die Presse, selbst wenn sie diese Neigung hätten, auch nur möglich? Ich bringe drei Gegeneinreden: Erstens ich habe nur das Wesen, das Institut der Presse angegriffen, nicht die Person, der § 100 aber handelt nur von Angriffen gegen Personen, während der § 101, der von den Einrichtungen handelt, die Presse nicht schützt, weil sie keine Staatseinrichtung ist. Zweitens, wenn ich selbst die Personen angegriffen hätte, so habe ich keine Klasse angegriffen, die liberalen Zeitungsschreiber bilden keine Klasse, keine äußerlich erkennbare Mehrheit, wie das Gesetz dies für den § 100 nach der konstanten Jurisprudenz des Obertribunals erfordert. Drittens, wenn ich eine Klasse angegriffen hätte, so habe ich doch nicht zu „Haß und Verachtung" gegen sie angereizt. Denn hierunter wird sich nur frivole Schmähung, niemals aber, wenn der Volksgeist nicht ausgehungert werden soll, indem man ihm alle geistige Nahrung abschneidet, eine gedankentiefe, theoretische Kritik verstehen lassen. Ist es nun frivole Schmähung oder ist es eine gedankentiefe Kritik gewesen, welche ich gegen die Presse gerichtet habe? Ich appellire an Ihr Gewissen. Aber auch äußere Beweise kann ich Ihnen genug dafür auflegen, und zwar die Anerkennung dessen durch große Organe der Presse selbst. So hat damals die „Wochenschrift des deutschen Reformvereins" zu Frankfurt am Main, das Hauptorgan der großdeutschen Partei, die heute angeklagte Rede trotz des dazu erforderlichen bedeutenden Raumopfers fast in extenso abgedruckt, mit der Erklärung, daß sie die tiefste Kritik und die furchtbarsten Wahrheiten enthalte, welche jemals über die heutige Presse ausgesprochen worden seien. Ich übergebe eine Reihe ähnlicher Eingeständnisse der konservativen Organe, der Norbb. Allg. Ztg., der Kreuzzeitung, der Augsb. Allg. Ztg., welche ich verlesen könnte, um mich sofort zu einem Aktenstück von noch weit größerer Wichtigkeit zu einem offiziellen Dokumente zu wenden.

(Hierauf wurde die Sitzung auf drei Stunden unterbrochen.)

„Ich war" ergriff Lassalle nach der Pause wieder das Wort, „heut Vormittag so weit gekommen, Ihnen ein offizielles Aktenstück von entscheidender Bedeutung für diesen Prozeß mittheilen zu wollen. Es ist dies nichts Anderes, als die wenige Wochen nach dem Erscheinen der angeklagten Broschüre von dem Minister des Innern, Grafen zu Eulenburg, in der Kammersitzung vom 19. November v. J.

gehaltene Rede, die ich Ihnen hier aus dem amtlichen stenographischen Berichte vorlesen werde. Der Minister kommt darin ausdrücklich auf die heut angeklagte Broschüre zu sprechen, er bemächtigt sich derselben, er adoptirt ausdrücklich meinen Nachweis, daß die Presse von heute statt Vorkämpfer großer politischer Aktionen zu sein, nur auf einer Annoncenspekulation beruhe. Seine Worte vindiziren mir geradezu ein „Verdienst" für den gründlichen theoretischen Nachweis, mit welchem ich der Presse von heute entgegengetreten bin." (Lassalle verliest hier die Rede des Ministers aus dem amtlichen stenographischen Berichte.)

„Der Minister vindizirt mir also ein Verdienst in offizieller Rede im gesetzgebenden Körper, und der Staatsanwalt verfolgt mich wegen dieses Verdienstes? Der Minister nennt gleichfalls, unter Bezug auf die Beweisführung in meiner Rede, die Presse eine Annoncenspeculation. Will der Minister gleichfalls zu Haß und Verachtung gegen die besitzenden Klassen aufreizen? Nun wohl, der Minister ist nicht Deputirter, er ist nicht gedeckt durch jenes Gesetz, welches nur die Kammermitglieder für unverantwortlich für ihre Reden erklärt. Warum ist der Minister also nicht von der Staatsanwaltschaft verfolgt worden.

Sie sehen, meine Herren — und mit diesen Worten trete ich jetzt ein Beweisthema an, welches ich Ihnen von nun an fortlaufend bei allen Punkten, um die es sich heute handelt, belegen werde — was ich sage, ist von einer solchen Tiefe der Wahrheit, von einer solchen Macht der Intelligenz getragen, daß es immer einige Monate darauf — ich werde Ihnen dies, wie gesagt, fortlaufend in dem noch übrigen Theile meines Plaidoyers beweisen — aus dem Munde der offiziellen Leiter der Gesellschaft wiederhallt. Und mich hat man deshalb verurtheilt?! Ist ein solches maljugé dagewesen? Eine höchst bittere Bemerkung reiht sich hieran. So lange die Welt steht, hat jedes einmal bestehende Regiment sich leider immer für unangreifbar erklärt. Es ist das gewiß sehr traurig, und hat zu allen Zeiten der Freiheit die tiefsten Wunden geschlagen. Es hat die patriotischen Bürger gezwungen, jeden Fortschritt und jede Entwickelung mit ihrem Herzblute zu erkaufen. Es ist dies also sehr traurig, sage ich, aber es ist mindestens bekannt. Schon der Dichter ruft aus:

> „Die Wenigen, die was davon erkannt,
> Und thöricht genug, ihr volles Herz nicht wahrten,
> Hat man seit je gekreuzigt und verbrannt."

„Es ist also mindestens bekannt, sage ich und jeder hat in solchem Falle sich im Voraus darein ergeben und sich resignirt.

„Daß aber auch eine Oppositionspresse und Oppositionspartei für kritisch unangreifbar erklärt wird — das ist ein „Fortschritt," den dieses Urtheil zuerst erfindet, und für den es verdiente, in irgend einem historischen Museum in Spiritus aufbewahrt zu werden! daß es in den Jahrbüchern der Geschichte mit aller ihm gebührenden Kritik aufbewahrt werde — dafür werde ich sorgen

„Jetzt aber erst, nachdem ich die Motive dieses Urtheils wider=
legt, gehe ich dazu über, die drei juristischen Gründe zu entwickeln,
welche jede, wie immer motivirte Verurtheilung unmöglich machen.
Drei Requisite müssen nach dem § 100 zusammentreffen, um eine
Strafbarkeit zu begründen: A. gegen eine äußerlich erkennbare Mehr=
heit von Personen, gegen eine Klasse also muß die Aufreizung ge=
richtet, B. zu Haß oder Verachtung dieser Klasse muß aufgereizt und
C. es muß dadurch der öffentliche Friede gefährdet — nicht gestört
— aber doch gefährdet worden sein.

Lassalle zeigt nun ad. A., daß das erste Requisit nicht zutreffe,
weil er nicht von den „besitzenden Klassen,“ ja nicht einmal von der
„Bourgeoisie,“ sondern nur von den „Angehörigen der Fortschritts=
partei“ gesprochen habe. Die beiden einzigen Stellen pag. 8 und
14 der Broschüre, wo er von „Bourgeoisie“ gesprochen, hätten jeden=
falls mit Haß oder Verachtung nichts zu thun. Wenn er das rheinische
Abgeordnetenfest die „Saturnalien der deutschen Bourgeoisie“ genannt
habe, so habe er dies Fest, bei welchem der Richter etwa in unge=
nauer Auffassung an Orgien gedacht habe, die sich in späteren Zeiten
damit verbanden, nur in seinem strengen altklassischen Sinne ge=
nommen, wie er dies ja auch in der Broschüre selbst erkläre, nach
welcher bei diesem Feste die Umkehrung stattfand, daß sich die Herren
als Sklaven und die Sklaven als Herren geberdeten. Ueberdies
habe, wie aus dem Kommissionsberichte der zweiten Kammer S. 65
ausdrücklich hervorgehe, wie auch durch das Obertribunal (Oppenhof,
Str.=G.=B. § 100 Nr. 1) mit bloßen Beleidigungen und Verleumdun=
gen nichts zu thun. Wenn er aber auch von „Bourgeoisie“ gesprochen
hätte, so stände die Sache doch noch ganz ebenso, denn auch „Bour=
geoisie“ bedeute niemals so viel wie „besitzende Klassen“, sondern be=
zeichne immer nur ein gewisses Kollektivum von Gesinnungen und An=
sichten, somit keine äußerlich erkennbare Mehrheit von Individuen.
So gehöre ein großer Abliger doch auch zu den „besitzenden Klassen“,
und dennoch werde es Niemandem einfallen, ihn einen „Bourgeois“
zu nennen. Der Grund hiervon liege auch nicht in dem Adelstitel. Denn
andererseits habe er selbst in seinem Verein Kaufleute, Unternehmer,
Advokaten, Professoren, Männer also, die in jeder Hinsicht den be=
sitzenden Klassen angehören. Seien diese, sei er selbst, der er gleich=
falls äußerlich den besitzenden Klassen angehöre,„Bourgeois“ zu nennen?
„Und wer, ruft der Angeklagte aus, „Fortschrittler“ identificirt mit
„besitzenden Klassen“ oder mit „Bourgeoisie“, im Sinne von besitzen=
den Klassen, wie der Staatsanwalt und das Urtheil in erster Instanz
so ausdrücklich gethan hat, der behauptet, daß die konservative Partei,
die Regierung und das Königthum keine Anhänger in den Reihen der
besitzenden Klassen habe. Wie? hat nicht das Königthum noch er=
staunlich viel Anhänger in den besitzenden Klassen, Millionäre, Fabri=
kanten, Banquiers, große Beamten? Sind diese konservativen Be=
sitzenden „Fortschrittler“, sind sie „Bourgeois“? Wer behauptet, daß

das Wort „Fortschrittler" mit „besitzenden Klassen" identisch, wie der Staatsanwalt und das Urtheil erster Instanz es gethan, der entzieht mit einem einzigen Striche, mit einer einzigen Volte dem Königthum alle Anhänger in den besitzenden Klassen."

Endlich beweist der Angeklagte durch Vorlesung einer längeren Stelle seines „Arbeiterprogramms" pag. 20—22, daß er das Wort „Bourgeoisie" immer nur in dem ganz bestimmten Sinne von Anhängern eines direkten oder indirekten Zensus (Drei=Klassen=Wahlgesetz) nehme und dies seinen Anhängern auf das Nachdrücklichste in seinen Agitationsschriften eingeschärft habe. „Bourgeoisie" sei also nur der europäische Ausdruck für dieselben politischen Ansichten, für welche „Fortschrittler" der spezifisch preußische Ausdruck sei.

Auch der erste Richter würde ihn also niemals haben verurtheilen können, wenn er die vorgelesene Stelle seines Arbeiterprogramms gekannt hätte, und der Richter zeige hiermit, wie wenig er in Wahrheit von der „Stellung" wisse, die der Angeklagte zu der „in der letzten Zeit vielfach ventilirten Arbeiterfrage" einnehme. Wer zu den besitzenden Klasse gehöre, sei äußerlich erkennbar durch seinen guten Rock, wer zu dem Arbeiterstande gehöre, durch seinen Kittel, aber die liberalen Ansichten gäben sich nicht auf der Achselklappe zu erkennen. Es liege somit keine äußerlich erkennbare Mehrheit von Personen vor.

Ad B. Ebensowenig habe er zu Haß und Verachtung im Sinne von § 100 angereizt, denn dieser Paragraph spreche nur von Personen. Er aber, der Angeklagte, richte seine Kritik überall nur gegen die Zustände und Einrichtungen der Gesellschaft, von denen, wie er in seinen Agitationsschriften ausdrücklich erkläre, die Personen nur das unbewußte, unschuldige Produkt seien. Zum Beweise dessen liest der Angeklagte zwei Stellen seiner Schriften („Wissenschaft und Arbeiter" pag. 33 und „Die indirekten Steuern" pag. 34) vor.

„Wie?" ruft der Angeklagte aus, „Königthum und Kirche müssen es sich täglich gefallen lassen, kritisirt zu werden, und die Bourgeoisie allein wollte dies nicht?"

Ad C. sei hier auch nicht der „öffentliche Friede gefährdet." Haß und Verachtung und Anreizung dazu seien theoretische Gefühle, die als solche den Staat nicht angingen, solange sie in der Innerlichkeit der Brust eingeschlossen bleiben; erst dann würde, wie der § 100 zeige, die Anreizung strafbar, wenn sie die Natur habe, zu äußeren Handlungen zu führen. Dies habe auch bereits das Obertribunal durch Urtheil vom 2. März 1853 kassirend entschieden. Nicht jede Anreizung zu Haß und Verachtung sei also strafbar, wie dies das Urtheil erster Instanz mit völliger Verkennung des Gesetzes annehme. Daß aber seine Anreizung zu Haß und Verachtung die besondere Natur gehabt habe, den öffentlichen Frieden zu gefährden, habe selbst das erste Urtheil nicht konstatiren können. (Der Angeklagte verliest zum Beweis dessen die betreffenden Urtheilmotive.) Da in diesen somit nur in facto konstatirt sei, daß er „die besitzende Klasse bei den Ar=

beitern in Verachtung zu bringen und letztere gegen dieselbe aufzureizen den Zweck habe", nirgends aber die Möglichkeit einer praktischen
Störung (dies heiße „Gefährdung") des öffentlichen, des Straßen-
friedens, so läge in dieser Hinsicht Kassationszwang in Bezug auf das
Urtheil erster Instanz vor. „Sie sehen", fährt Lassalle fort, „mit
welcher Offenheit und Loyalität im Vertrauen auf Ihr Gewissen ich
diese Sache plaidire, denn wenn Sie mich nicht freisprechen wollen, so
können Sie mir nichts Lieberes thun, als das Urtheil „aus den Gründen des ersten Richters" bestätigen. Es liegt dann, weil das Haupt-
requisit des Gesetzes, die Thatsache der Friedensgefährdung durch kein
Motiv des Urtheils konstatirt ist, Kassationsnothwendigkeit vor."

Er wolle aber sofort durch drei absolute Gegenbeweise darthun,
daß hier von einer Gefährdung des öffentlichen Friedens in der
That nicht die Rede sein könne. Erstens: Der erste Beweis sei die
Intelligenz seiner Bewegung. Ihm sei mit Tumult, mit Todtschla-
gen von Fortschrittlern, mit Zertrümmerung von Fabriken und Pressen
offenbar nicht gedient und viel geschadet. Zweitens aber, wie hätten
denn solche gegen Personen und Eigenthum gerichtete Unruhen auch
nur möglicherweise aus seiner Agitation hervorgehen können? Was
er auf jeder Seite seiner Schriften predige, sei nicht ein Angriff gegen
Personen, sondern, wie bereits gezeigt, gegen die Zustände und Einrichtungen der Gesellschaft. Was er auf jeder Seite seiner Schriften
predige, sei: durch Intervention der Gesetzgebung die Arbeiterfrage
zu lösen und zu diesem Zwecke, durch Einführung des allgemeinen
und direkten Wahlrechtes, die gesetzgebende Gewalt in die Hand zu
bekommen. (Der Angeklagte verliest zum Beweis dessen zwei Stellen
seiner Schriften „Antwortschreiben" S. 36 und „Arbeiterlesebuch"
S. 41, in welchen dies den Arbeitern als Quintessenz der gesammten
Agitation hingestellt wird.) „Also nicht zur Störung des öffentlichen
Friedens, zur Beschädigung an Personen und Eigenthum, sondern
zur Beseitigung unserer gegenwärtigen Staatseinrichtung, des Drei-
Klassen-Wahlgesetzes reize ich an. Es ist also ganz klar, reize ich zu
etwas Ungesetzlichen an, so ist es zu nichts Geringerem, als zur gewaltsamen Beseitigung des Dreiklassen-Wahlsystems, zur gewaltsamen
Revolution, zum Hochverrath, um die Staatsmaschine in unsere
Hand zu bekommen! In dieser Hinsicht war jene Hochverrathsanklage
welche im März d. J. in Berlin gegen mich verhandelt wurde,
und welche meine ganze Agitation umfaßte, ganz konsequent!
Wenn irgend ein Vergehen, so ist es dies höchste Verbrechen, welches
hier vorliegt: Ich stand also bereits unter dieser Anklage, und es
ist durch rechtskräftiges Urtheil entschieden, daß ich allerdings einen
Umsturz der bestehenden Verfassung erstrebe, aber auf die rechtmäßigste
und friedlichste Weise von der Welt, durch das Gewinnen der öffentlichen Ueberzeugung und Einsicht." Diese Anklage also sei bereits
gerichtet, jene andere aber, um die es sich heute handele, sei unmöglich.
Der dritte Gegenbeweis sei der, daß er gerade in der angeklagten

Rede pag. 27 aus den daselbst entwickelten Gründen die Arbeiter auf=
gefordert habe, bei den Wahlen für die Fortschrittler zu stimmen. Wie
also sei eine praktische Beschädigung der Fortschrittler, eine praktische
Störung des öffentlichen Friedens auch nur möglich gewesen, in Folge
einer Rede, in welcher er seine Anhänger zwar lehre, was sie theo=
retisch über die Fortschrittler zu denken hätten, sie zugleich aber zur
praktischen Unterstützung derselben antreibe! Dies sei ein souveräner
Gegenbeweis, denn in demselben Augenblick, in welchem man eine Partei
praktisch unterstütze, in demselben Augenblick könne man unmöglich
zugleich die Personen oder das Eigenthum derselben praktisch beschä=
digen und vernichten. Wie wolle ihm also der heutige Richter die
Gefährdung des öffentlichen Friedens konstatiren? Wie wolle er —
denn auf Papier freilich ließe sich alles konstatiren, Papier sei ge=
dulbig — wie wolle er es in seinem Gewissen konstatiren?

„Ich komme jetzt,“ fährt der Redner fort, „zu dem letzten und
wichtigsten Motiv des Urtheils, dem wahren Tragebalken desselben,
dessen Betrachtung ich eben deshalb bis jetzt verschoben habe. Das
Urtheil sagt; „daß die in der Broschüre enthaltenen Angriffe der
Bourgeosie und die Ausfälle gegen die Presse nur den Zweck haben
können, die besitzende Klasse bei den Arbeitern in Verachtung zu brin=
gen und sie gegen dieselbe aufzuregen.“ Der Richter attestirt also
hier selbst, daß er, wenn er an einen ernsthaften, einen heilsamen, einen
berechtigten Zweck dieser Agitation hätte glauben können, natürlich weit
entfernt gewesen wäre, dieses Urtheil zu fällen. Das angeführte Motiv
erklärt sich auch nur durch einen von dem Staatsanwalte, Herrn Effertz,
in erster Instanz mit höchstem Nachdruck aufgestellten Satz: „Der
Angeklagte erhebt wider besseres Wissen eine bereits seit zwanzig Jah=
ren zerrissene Fahne.“ Dieser Satz, m. H. hat wörtlich so in einem
der Leitartikel gestanden, welche die Volkszeitung in Berlin im Sommer
vorigen Jahres gegen mich geschrieben hat. Sie sehen also beiläufig
auch wieder hier, mit welchem Rechte ich behaupte, daß es die Stimme
meiner Feinde ist, die aus dem Urtheil erster Instanz und dem Plai=
doyer des Staatsanwaltes spricht. Diese Unterstellung aber von der
bereits seit zwanzig Jahren zerrissene Fahne, einmal zugegeben — was ist
da natürlicher, als dieses Urtheil? Es ist also eine unwahre, frivole,
nur zu stupidem Klassenhaß und Erbitterung treibende Bewegung!
Einen andern Zweck kann wenigstens der erste Richter, wie er selbst
in dem angeführten Motiv bezeugt, bei seiner Auffassung dieser Agi=
tation sich nicht als möglich vorstellen — und diese Auffassung ein=
mal zugegeben, wer sympathisirt da nicht mit dem edeln Zorne des
Richters?

„Dieses Motiv urtheilt also über das gesammte Verdienst au
fond meiner Agitation, über das philosophische und ökonomische Ver=
dienst derselben, über die Frage: ist es eine große kulturhistorische
Bewegung, die ich erregt habe, oder nicht? Hierüber urtheilt jener
Richter ab, in meiner Abwesenheit uud ohne meine Schriften zu ken=

nen! Heute bin ich selbst da, aber kann ich wirklich diese Frage vor
Ihnen plaidiren. Welch merkwürdiger Prozeß, wo die wichtigste Frage,
um die es sich handelt, nicht einmal plaidirt werden kann! Denn
welche Zeit wäre wohl erforderlich, um vor Ihnen zu entwickeln die
philosophischen, die ökonomischen Gründe, die historischen und statisti-
schen Beweise, kurz das gesammte Material, welches das geistige Fun-
dament meiner Agitation bildet und einen Umfang von fast siebenzig
Bogen füllt? Sie finden gewiß schon, daß ich jetzt einen ungebührlichen
Gebrauch von Ihrer Zeit mache, wie viel Tage und Wochen würde
ich aber plaidiren müssen, um diese Frage zu erörtern? In dieser
Lage würde ich sein, wenn ich nicht glücklicherweise in aller Kürze
äußere Beweise von unwidersprechlicher Natur vorbringen könnte.

„Ja, meine Herren, seitdem mein Bastiat = Schulze erschienen,
haben die berühmtesten Koryphäen der deutschen Gelehrten, jene Männer, die den Stolz der Nation bilden, Namen, vor denen sich selbst
der Staatsanwalt und der Richter erster Instanz in Verehrung ver-
beugen würden, mir schriftlich und mündlich ihre begeisterte Sympathie und Zustimmung zu erkennen gegeben. Sie haben mir bestä-
tigt, wenn ich noch einer solchen Bestätigung bedürfte, daß ich Recht
habe in jeder Zeile und in jeder Sylbe! Aber ich werde Ihnen sofort
einen noch stärkeren Beweis vorlegen. Ich werde jetzt einen Namen
nennen, der von jedem rheinischen Tribunal nicht mehr mit Verehrung,
sondern nur mit der höchsten Ehrfurcht wird gehört werden können!
Den Namen eines Mannes, welcher ein Diener und zugleich ein Fürst
der Kirche seit langen Jahren in die ernstesten Studien vertieft, von
Katholiken der Rheinprovinz fast wie ein Heiliger betrachtet wird,
den Namen des Bischofs von Mainz, Freiherrn v. Ketteler. Der
Herr Bischof hat sich in seinem Gewissen gedrungen gefühlt, seinerseits
ein Werk über die Arbeiterfrage („die Arbeiterfrage und das Christen-
thum“) zu veröffentlichen, in welchem er Punkt für Punkt alle meine
Kontroversen mit den Fortschrittsökonomen durchgeht und Punkt für
Punkt Zeugniß für die Wahrheit und Unumstößlichkeit meiner Beweise
ablegt. Erlauben Sie mir Ihnen nur wenige Beispiele anzuführen:
Sie erinnern sich des Hauptfundaments dieses ganzen Streites,
jenes „ehernen ökonomischen Gesetzes“ wie ich es in meinem „Offenen
Antwortschreiben“ nannte, nach welchem der Arbeitslohn unter Angebot
und Nachfrage auf die Dauer durchschnittlich nie über das Minimum
des nothwendigsten Lebensunterhaltes hinaussteigen kann. Der ganze
Streit, sage ich, dreht sich um die Anerkennung dieses Gesetzes. Alles
was ich in meinen Agitationsschriften entwickele, ist mit solcher Nothwendigkeit aus demselben hergeleitet, daß einer der Chefs meiner Gegner, der Fortschrittsökonom Herr Max Wirth in seinem Blatt „der
Arbeitgeber“ hat drucken lassen: auf dieses Gesetz müsse der ganze
Kampf beschränkt werden, denn sei dasselbe einmal zugegeben, so sei
alles Andere mit logischer und unwiderstehlicher Nothwendigkeit daraus
entwickelt; jenes Gesetz aber sei erfunden und erlogen.

„Hören Sie, was der Bischof über diesen Hauptpunkt sagt:

„Die materielle Existenz des Arbeiterstandes, die Beschaffenheit aller nothwendigen Lebensbedürfnisse für den Arbeiter und seine Familie ruht nämlich mit so wenigen Ausnahmen, daß sie diese Regel nicht alteriren, auf dem Arbeiterlohn, und der Arbeitslohn bestimmt sich in unserer Zeit nach der Lebensnothdurft im strengen Sinne, d. h. nach dem, was der Mensch unumgänglich nothwendig bedarf, wenn nicht seine physische Existenz vernichtet werden soll. Die Wahrheit dieses ist durch die bekannten Kontroversen zwischen Lassalle und seinen Gegnern so evident gemacht, daß nur die Absicht, das Volk zu täuschen, sie bestreiten kann. In ihr liegt, wie mit vollem Recht behauptet wird, die ganze Arbeiterfrage! auf der einen Seite die Arbeiternoth, auf der andern Seite der Probierstein für den Werth aller Vorschläge, dem Arbeiterstande zu helfen.“

„Sie sehen meine Herren, meine Sprache war sogar noch milder, als die des Bischofs. Ich ließ in meinem „Antwortschreiben“ den Fortschrittsökonomen noch die Wahl, entweder von der Sache nichts zu verstehen, oder das Volk täuschen zu wollen. Auf die Beweise fußend, welche ich in meinem „Antwortschreiben“, in meinem „Arbeiterlesebuch“ und in systematischer Form in meinem „Bastiat-Schulze“ darüber vorgetragen habe, geht der Bischof so weit, den Fortschrittlern nicht einmal jene Wahl zu lassen, sondern trotz aller Rücksicht und evangelischen Milde, die ihm in seiner Stellung so Pflicht wie Natur ist, geradezu zu erklären: jenen meinen Satz nach den von mir vorgebrachten Beweisen noch länger bestreiten, heiße die „Absicht“ haben, das „Volk“ zu täuschen.“

„Was meinen Sie, meine Herren, zu dieser seit zwanzig Jahren zerrissenen Fahne,“ die ich „wider besseres Wissen“ schwinge? Bin ich berechtigt oder nicht, gegen jenen Richter und jenen Staatsanwalt den Text zu predigen: Nunc erudimini qui judicatis terram. „Jetzt lernet Ihr, die Ihr die Erde richtet.“

„Ebenso sagt der Bischof pag. 62: „Die Partei, deren Hauptvertreter Lassalle selbst ist, hat das unbestreitbare Verdienst, die in den ersten Abschnitten geschilderte Lage des Arbeiterstandes, wonach er großentheils mit seiner ganzen Existenz auf die eigentliche Lebensnothdurft beschränkt ist, mit unerbittlicher Schärfe und Wahrheit aufgedeckt zu haben“ ꝛc. Sie sehen, was nach jenem Urtheil und nach jenem Staatsanwalt mein Verbrechen ist, es ist mein Verdienst, mein unbestreitbares Verdienst in den Augen des Bischofs. Und in Bezug auf meine Kritik der Schulze’schen Hülfsmittel bezeugt der Bischof pag. 57: „daß dazu die von der liberalen Partei als Hülfsmittel in Vorschlag gebrachten Genossenschaften im Ganzen und Großen nicht ausreichen, ist in neuerer Zeit hinreichend und evident bewiesen. In dieser Hinsicht sind die Ausführungen von Lassalle unwiderlegt und unwiderleglich.“

„Was meinen Sie, meine Herren, zu dieser bereits seit 20 Jah-

ren zerrissenen Fahne. Bin ich, oder bin ich nicht berechtigt zu pre=
digen: „nunc erudimini" etc." Der Redner führt jetzt noch einige
weiteren Stellen an aus dem Werke des Bischofs, die er in der Regel
mit denselben Fragen schließt. Er konstatirt dann, daß der Bischof
in Bezug auf die Gerechtigkeit der „von Lassalle vorgeschlagenen Maß=
regeln" ausdrücklich erkläre, daß vom Standpunkte des Staats, der
Wissenschaft und der liberalen Partei aus, „wohl sicherlich gar kein
Bedenken zu erheben sei". Nur bei Voraussetzung der Göttlichkeit des
Privateigenthums sei ein solches Bedenken etwa möglich. Die einzige
Befürchtung, die der Bischof ausspreche, sei die einer „Ueberstürzung"
bei Ausführung der von ihm durchaus ausführbar gehaltenen Lassalle=
schen Maßregeln.

„Was," ruft der Redner aus, „treibt diesen Kirchenfürsten an,
mit dieser Schärfe, die oft noch die Schärfe meiner eigenen Sprache
übertrifft, Zeugniß abzulegen für die Wahrheit meiner Lehre? Will
der Bischof gleichfalls „zu Haß und Verachtung anreizen?" Was
anders treibt ihn an, als die gleiche Ueberzeugung mit mir, daß hier
eine Wunde im nationalen Leben vorliegt, zu deren Erkenntniß die
Nation gleichsam mit geistiger Gewalt gezwungen werden muß, wenn
der Volkskörper nicht zu Grunde gehen soll?

„Sie haben den Bischof gehört. Wollen Sie jetzt einen noch
wichtigeren Zeugen vernehmen? Dieser Zeuge sei Niemand anders
als der König von Preußen:

„Sie haben von jener schlesichen Weberdeputation gehört, die vor
kurzem eine Audienz beim Könige hatte. Nach derselben wurde den
Webern eröffnet, sich Tags darauf im Staatsministerium einzufinden,
um hier das zu erhalten, was sie über den Vorgang in der Audienz
veröffentlichen dürften. Die Arbeiter fanden sich ein und erhielten
den Bürstenabzug der Zeidler'schen Korrespondenz, den im Staats=
ministerium selbst angefertigten Bericht über die Audienz enthaltend.
Die Arbeiter begaben sich hierauf zu mir, legten diesen, somit ein durchaus
authentisches Dokument bildenden Bürstenabzug, den ich den Akten bei=
fügen werde, in meine Hände und autorisirten mich, jeden beliebigen
Gebrauch davon zu machen. Es heißt am Schlusse des im Staats=
ministerium selbst gefertigten Berichts wie folgt: Mit dem Trost
einer möglichst baldigen gesetzlichen Regelung der Frage und dadurch
Abhülfe ihrer Noth entließen Se. Maj. die Deputation. Das könig=
liche Versprechen wird erhebend und ermuthigend in allen Thälern des
Riesengebirges wiederhallen und vielen hundert duldenden redlichen Fa=
milien neue Hoffnung und neue Kraft zu muthigem Ausharren geben."

„Also bereits ist die Anerkennung unseres Hauptgrundsatzes, daß
nicht durch das laisser faire et laisser aller, der freien Concurrenz,
als ein unverbrüchliches ökonomisches Gesetz, wie die Fortschrittsöko=
nomen behaupten, sondern durch die Gesetzgebung die Arbeitsverhältnisse
zu regeln seien — bereits ist die Anerkennung dieses Hauptgrundsatzes,
welcher den prinzipiellen Boden des Kampfes zwischen mir und den

Fortschrittsökonomen bildet (vergl. „Arbeiterlesebuch" pag. 41, „Antwortschreiben" pag. 36), durch den König selbst erreicht und durch ein königliches Versprechen besiegelt.

„Wie war dieser rasende Erfolg nur möglich und zwar im Laufe eines Jahres? Pflegt sich die Wissenschaft so rasch der Praxis zu unterwerfen? Ich habe im Gegentheil in meinen „Indirekten Steuern" gezeigt, daß z. B. die Einsicht von der Verderblichkeit der auf nothwendige Lebensmittel gelegten Steuer sich seit dreihundert Jahren durch alle wissenschaftlichen Kompendien schleppt, ohne deshalb sich die Praxis unterworfen zu haben. Wie also, frage ich, war bei der weit schwierigern Frage, um die es sich bei meiner Agitation handelt, in der kurzen Zeit eines Jahres ein so erstaunlicher Erfolg auch nur möglich? Habe ich von meinem Vorfahr Faustus den Höllenzwang geerbt?

„Ich will Ihnen das Geheimniß dieser Erfolge jetzt enthüllen, meine Herren, und Ihnen dadurch den letzten Einblick in das Verständniß meiner Agitation gewähren. Zwei Dinge mußten zusammenkommen. Zunächst die höchste Wissenschaftlichkeit dieser Bewegung! Mit einem Panzerhembe von Stahl, mit unzerreißbaren Maschen mußte jeder meiner Beweise umstrickt sein. Wehe mir, wenn eine einzige Masche riß!

„Aber dies war noch nichts. Ich hätte trotz aller Wissenschaftlichkeit Jahrhunderte lang gelehrte Werke schreiben können, ohne daß sich die Praxis barum gekümmert hätte! Die Großen der Erde haben keine Nöthigung, keine Veranlassung und nicht die Gewohnheit, sich um das zu kümmern, was der einsame Denker in seinem Zimmer schreibt.

„Aber die Massen durchdringen mit dem Wiederhall dieser Lehre, aber sicher ihrer Wahrheit mit ihr auf den großen Markt treten, aber sich aus dem tausendfachen Echo der Volksstimme, das selbst die Gegner nur vernehmen, einen Keil schmieden, um anzupochen an das Gewissen der Bischöfe und das Pflichtgefühl der Könige — das war es, worauf es hier ankam!

„Das Urtheil konstatirt es in einer kurzen und dunklen Wendung als ein besonderes Unrecht, daß ich mich an die Arbeiter wende. Dieser dunkle Satz findet seine Erläuterungen in den Ausführungen des Staatsanwalts erster Instanz, welcher gleichfalls darin, daß ich mich an die Arbeiterklasse wandte, einen Beweis für die Verwerflichkeit meiner Bestrebungen sah! Ich werde dem Staatsanwalt und dem Richter erster Instanz, um milde zu sein, antworten: Sie verstehen ganz und gar nichts von diesen Dingen.

„Abgesehen davon, daß die Arbeiter sehr gut meine Lehren begriffen haben, denn sie sind Menschen wie Sie, meine Herren, und der Vernunft zugänglich wie Sie, abgesehen davon, daß ohne das Begreifen der Arbeitermassen diese Reform gar nicht praktisch auszuführen wäre — kommen hier die Arbeiter vor allem als Resonnanzboden in Betracht. Auf diesen Resonnanzboden mußte ich aufschlagen können mit dem Hammer der Wissenschaft, um allen Lärm der Tagesinteressen zu übertäuben und alle Intelligenzen zu zwingen — alle Intelligenzen, sage ich, freilich, freilich mit Ausnahme des Düsseldorfer Staatsanwaltes und des Düsseldorfer Richters erster Instanz — um alle bis zum Bischof, bis zum Könige zu zwingen, diese Fragen zu studiren und resp. durch die Ihnen zu Gebote stehenden Intelligenzen studiren zu lassen.

„Das Versprechen des Königs ist so mein Werk, die Folge gerade davon, daß ich, aus der Stille des Studirzimmers heraustretend, an die Arbeiter mich wandte, — — — und dafür werde ich angeklagt!

„Der Minister Graf zu Eulenburg hat vor Kurzem einer Buch=druckerdeputation, die um das Koalitionsrecht petitionirend bei ihm war, gesagt: „Von allen Seiten tritt die so wichtige Arbeiterfrage an uns heran" und es werde nichts übrig bleiben, als durch Gesetz=vorschläge an den gesetzgebenden Körper ihre Lösung zu versuchen. Ich finde jene angeführten Worte höchst konzis. Es ist nicht die Stel=lung, nicht die Gewohnheit unserer Staatsmänner Probleme aufzu=suchen. Sie warten ab, bis sie durch die öffentliche Meinung an sie herantreten.

„Die Zusage des Ministers wie das Versprechen des Königs ist mein Werk. 1844 kreuzte man die Bajonette gegen die schlesischen Weber — heute verspricht man ihnen, dem Principe meiner Agitation beipflichtend, Aenderung ihrer Lage, Abhülfe ihrer Noth durch die Gesetzgebung.

„Die merkwürdige, diese heilsame Umwandlung ist, ich wiederhole es, mein Werk. Sie ist die Folge gerade dessen, daß ich an die Masse mich wandte und mit ihrem Echo die Stimme der Wissenschaft ver=stärkte! Und dafür werde ich angeklagt??

„Und noch eins: der Bischof fürchtet, wie ich Ihnen sagte, Ueber=stürzung der Ausführung dieser von ihm durchaus für ausführbar gehaltenen Maßregel. Und in der That, diese Ueberstürzungsgefahr ist und war seit je bei allen großen Reformen gerade um so mehr vorhanden, je gerechter sie waren. Nun wohl! Die Zeit erwartend, wo jene Reformen sich vollbringen, disziplinirt inzwischen meine Agi=tation diese ungeduldigen Massen. Wie ein Mann eilen sich und gedulden sich (der Redner wendet sich bei diesen Worten halb rückwärts in das fast nur aus Arbeitern bestehende, dicht gedrängte Auditorium, welches mit einem nicht zu beschreibenden Ausdruck von Spannung jedem seiner Worte folgt), drängen vorwärts und halten zurück die großen Massen, welche unsern Verein bilden am Rhein wie an der Elbe, an der Nord=see, wie an der Donau, auf meinen Ruf. Die Zeit jener praktischen Reform abwartend, bringt mein Verein diesen Massen inzwischen die Disziplin bei, die nicht blos für militärische Zwecke, nein, die in eben so hohem Grade für alle großen organisatorischen Reformen unerläßlich ist.

„O, meine Herren, fünfzig Jahre nach meinem Tode wird man anders denken über diese gewaltige und merkwürdige Kulturbewegung, die ich unter Ihren Augen vollbringe, als der Düsseldorfer Richter erster Instanz, und eine dankbare Nachwelt wird — dessen bin ich ſicher — meinem Schatten die Beleidigungen abbitten, welche jenes Urtheil und jener Staatsanwalt gegen mich verübt!

„Endlich, meine Herren, wie komme ich zu dieſer Bewegung und wie iſt ſie entſtanden? Bin ich ein unruhiger Zeitungsſchreiber? Nachdem ich einen ſchweren praktiſchen Kampf beendet, der in den Annalen dieſer Provinz ſeiner Zeit Aufſehen gemacht hat und zu dem mich, ich darf es ſagen, nur mein praktiſcher, ritterlicher Pathos drängte, zog ich mich in die Stille des Studirzimmers zurück. Ich ſchrieb nicht Zeitungsartikel noch Broſchüren; ich gab große gelehrte Werke heraus in den ſchwierigſten Fällen des Wiſſens — und auf dem Gebiete der Wiſſenſchaft laſſen mir ja ſelbſt meine leidenſchaftlichſten Gegner, wie ungern auch, Gerechtigkeit widerfahren! Da fühlte ich mich, gerade durch den Zuſammenhang aller dieſer Studien noch einmal in meinem Gewiſſen gezwungen, einen praktiſchen Kampf zu beſtehen und dieſe Agitation, von deren unerläßlichen Nothwendigkeit ich überzeugt war, in das Volk zu werfen. Und wartete ich vielleicht bis die Atmosphäre mit Pulverdampf und Barrikadenſtaub erfüllt war, um mit Agitation aufzutreten? Ich las einſt in einem Fortſchrittsblatte den höhniſchen Ausruf: Dieſe Bewegung käme ſich ſelbſt zu früh; wenn ich Erfolge hätte haben wollen, ſo hätte ich das Eintreten einer Kriſe abwarten müſſen. Ich mußte herzlich lachen, als ich hier ſo klar das Umgekehrte meines Gedankens ausgeſprochen ſah. Gerade in der Zeit der höchſten Ruhe und vollkommnen Friedens trat ich auf mit dieſer Agitation; dieſe Probleme ſollten in tiefſter Ruhe diskutirt, durch Liebe und Einſicht gelöſt werden; dieſe Reformen ſollten durch Liebe und Weisheit eingeführt werden, oder aber, traf uns eine Kriſe, ſo ſollte ſie eine durch die öffentliche Diskuſſion bereits reife und entwickelte Ueberzeugung der Nation vorfinden.

„So ſehen Sie hier das merkwürdige Schauſpiel einer Agitation, welche die Maſſen erfaßt hat, welche eine ganze Nation für und wider erregt und die ohne jede Hülfe von Ereigniſſen, die das Volk auf die Straße werfen, lediglich aus dem Gewiſſen eines Mannes hervorgegangen iſt. Wenn irgendwo, ſo liegt hierin ein großes Verdienſt, und ſelbſt in dem Leitartikel eines miniſteriellen Organs wurde vor Kurzem (der Redner verlieſt den Schluß eines Leitartikels der Norddeutſch. Allg. Ztg. vom 12. Juni) das Verdienſtliche anerkannt, welches darin liege, ſociale Schäden aufzudecken und zu diskutiren vor dem Einbrechen gefährlicher Kriſen.

„Meine Herren, wie dieſe Bewegung aus meinem Gewiſſen hervorgegangen iſt, ſo wende ich mich an Ihr Gewiſſen bei dieſem Urtheil. Wenn Sie ſich nur mit der Hälfte jener Gewiſſenhaftigkeit und Objectivität bei dieſem Urtheil prüfen, mit welcher ich mich prüfte, als ich das Banner dieſer Agitation erhob, ſo iſt jede Verurtheilung abſolut unmöglich! Denn erlauben Sie mir mit einer Verſicherung zu ſchließen, die Sie nicht als ein rhetoriſches Kunſtſtück, ſondern als den tiefſten Ausdruck meiner ſittlichen Ueberzeugung betrachten wollen. Es

ist hart für einen Mann meines Alters und meiner Lebensgewohn=
heiten, auf zwölf Monate, ja nur auf zwölf Tage in's Gefängniß zu
gehen, und es steht in dieser Hinsicht nicht Alles mehr bei mir, wie
in meiner Jugend, wo ich mit derselben Gleichgültigkeit in's Ge=
fängniß ging, wie ein anderer zum Ball! Aber trotzdem — lieber
wollte ich mein Lebtag nicht wieder die Nacht des Kerkers verlassen,
als dieses Urtheil gefällt zu haben!!"

Nach dieser Rede erhob sich der Staatsanwalt mit der Erklärung,
daß er nicht auf die umfangreiche Sache selbst eingehen, sondern nur
einigen Bemerkungen entgegentreten wolle, die Herr Lassalle gegen ihn
gerichtet habe. Bemerkenswerth waren die Worte des Herrn Staats=
anwalts, er gebe zu, daß das Urtheil erster Instanz beseitigt sein
möge, aber selbst dann liege res integra vor, und der Hof, welcher
die Broschüre zur Hand habe, würde schon selbst die geeigneten Stellen
in derselben auffinden. Er halte seinen Strafantrag aufrecht.

Hierauf ergriff Herr Advokat=Anwalt Bloem I. das Wort und
führte seinerseits in höchst scharfer und eindringlicher Weise aus durch
Betrachtung der einzelnen Stellen der Rede, wie wenig in derselben
irgend welche Anweisung zum praktischen Handeln enthalten sei. Ueber=
all habe Lassalle die Arbeiter nur zum Denken und Begreifen ange=
regt. In höchst beredter Weise verbreitete sich der Vertheidiger über
die Verdienste und das Streben des Herrn Lassalle, die Jeder aner=
kennen müsse, auch wenn er durchaus nicht auf seinem Standpunkt
stehe und sich mit ihm indentifizire.

Der Hof vertagte den Urtheilsspruch auf nächsten Freitag.

Das Urtheil über Lassalle lautete „Schuldig" und wurden dem=
selben 6 Monate Gefängniß zuerkannt.